읽고 쓰는
하늘과 바람과 별과 시

읽고 쓰는
하늘과 바람과 별과 시

윤동주 지음

모든북스

| 일러두기 |

독자들이 읽기 불편할 정도의 맞춤법과 띄어쓰기는 현대표준어 규정에 맞추어 정했습니다. 하지만 시인의 작품성을 훼손하지 않기 위해 표준어 규정에 어긋나는 부분이 있어도 그대로 실린 경우도 있습니다.

정지용 서문 ^{序文}

서(序)-랄 것이 아니라,

내가 무엇이고 정성껏 몇 마디 써야만 할 의무를 가졌건만 붓을 잡기가 죽기보다 싫은 날, 나는 천의를 뒤집어 쓰고 차라리 병(炳) 아닌 신음을 하고 있다.

무엇이라고 써야 하나?

재조(才燥)도 탕진하고 용기도 상실하고 8·15 이후에 나는 부당하게도 늙어간다.

누가 있어서 "너는 일편(一片)의 정정까지도 잃었느냐?" 질타한다면 소허(少許) 항론(抗論)이 없이 앉음을 고쳐 무릎을 꿇으리라.

아직 무릎을 꿇을 만한 기력이 남았기에 나는 이 붓을 들어 시인 윤동주의 유고(遺稿)에 분향(焚香)하노라.

겨우 30여 편 되는 유시(遺詩) 이외에 윤동주의 시인됨에 관한 목증(目證)한 바 재료를 나는 갖지 않았다.

'호사유피(虎死留皮)라는 말이 있겠다. 범이 죽어 가죽이 남았다면 그의 호피(虎皮)를 감정하여 '수남(壽男)'이라고 하랴?

'복동(福童)이라고 하랴? 범이란 범이 모조리 이름이 없었던 것이다.

내가 시인 윤동주를 몰랐기로소니 윤동주의 시가 바로 '시'고 보면 그만 아니냐?

호피는 마침내 호피에 지나지 못하고 말 것이나, 그의 '시'로써 그의 '시인'됨을 알기는 어렵지 않은 일이다.

나도 모를 아픔을 오래 참다 처음으로 이곳에 찾아왔다. 그러나 나의 늙은 의사는 젊은이의 병을 모른다. 나한테는 병이 없다고 한다. 이 지나친 시련, 이 지나친 피로, 나는 성내서는 안된다.

– 그의 유시(遺詩) 〈병원〉 중에서

그의 다음 동생 일주 군과 나의 문답,–

"형님이 살았으면 몇 살인고?"

"서른한 살입니다."

"죽기는 스물아홉에요–"

"간도에는 언제 가셨던고?"

"할아버지 때요."

"지나시기는 어떠했던고?"

"할아버지가 개척하여 소지주 정도였습니다."

"아버지는 무얼 하시노?"

"장사도 하시고 회사에도 다니시고 했지요."

"아아, 간도에 시(詩)와 애수(哀愁)와 같은 것이 발효(醱
酵)하기 비롯한다면 윤동주와 같은 세대에서부터였구나!"
나는 감상하였다.

봄이 오면

죄를 짓고

눈이

밝아

이브가 해산하는 수고를 다하면

무화과 잎사귀로 부끄런 데를 가리고
나는 이마에 땀을 흘려야겠다.

                    - 〈또 태초의 아침〉 중에서

다시 일주 군과 나와의 문답,-
"연전을 마치고 동지사에 가기는 몇 살이었던고"
"스물여섯 적입니다."
"무슨 연애 같은 것이 있었나?"
"하도 말이 없어서 모릅니다."
"술은?"
"먹는 것 못 보았습니다."

"담배는?"

"집에 와서는 어른들 때문에 피우는 것 못 보았습니다."

"인색하진 않았나?"

"누가 달라면 책이나 셔츠나 거져 줍데다."

"공부는?"

"책을 보다가도 집에서나 남이 원하면 시간까지도 아끼지 않읍데다."

"심술(心術)은?"

"순하디 순하였습니다."

"몸은?"

"중학 때 축구선수였습니다."

"주책(主策)은?"

"남이 하자는 대로 하다가도 함부로 속을 주지는 않읍데다."

코카서스 산중에서 도망해 온 토끼처럼
둘러리를 빙빙 돌며 간을 지키자.
내가 오래 기르던 여윈 독수리야!
와서 뜯어 먹어라, 시름없이

너는 살지고
나는 여위어야지, 그러나,

– 〈간(肝)〉 중에서

노자 오천언(伍千言)에,

'허기심(虛基心) 실기복(實基腹) 약기지(弱基志) 강기골
(强基骨)'이라는 구가 있다.

청년 윤동주는 의지가 약하였을 것이다. 그렇기에 서
정시에 우수한 것이겠고, 그러나 뼈가 강하였던 것이리
라. 그렇기에 일적(日賊)에게 살을 내던지고 뼈를 차지한
것이 아니었던가?

무시무시한 고독에서 죽었구나! 29세가 되도록 시도
발표하여 본 적도 없이!

일제 시대에 날뛰던 부일문사(附日文士) 놈들의 글이 다
시 보아 침을 뱉을 것뿐이나, 무명(無名) 윤동주가 부끄럽
지 않고 슬프고 아름답기 한이 없는 시를 남기지 않았나?

시와 시인은 원래 이러한 것이다.

행복한 예수 그리스도께
처럼
십자가가 허락된다면

모가지를 드리우고
꽃처럼 피어나는 피를
어두워가는 하늘 밑에
조용히 흘리겠습니다.

　　　　　　　　- 〈십자가(十字架)〉 중에서

일제 헌병은 동(冬) 섣달에도 꽃과 같은, 얼음 아래 다시 한마리 잉어와 같은 조선 청년 시인을 죽이고 제 나라를 망치었다.

뼈가 강한 죄로 죽은 윤동주의 백골은 이제 고토(故土) 간도에 누워 있다.

고향에 돌아온 날 밤에
내 백골이 따라와 한방에 누웠다.

어둔 방은 우주로 통하고
하늘에선가 소리처럼 바람이 불어온다.

어둠 속에 곱게 풍화작용하는
백골을 들여다보며
눈물 짓는 것이 내가 우는 것이냐
백골이 우는 것이냐
아름다운 혼이 우는 것이냐

지조 높은 개는
밤을 새워 어둠을 짖는다

어둠을 짖는 개는
나를 쫓는 것일 게다.

가자가자
쫓기우는 사람처럼 가자
백골 몰래
아름다운 또 다른 고향에 가자.

- 〈또 다른 고향〉

만일 윤동주가 이제 살아 있다고 하면 그의 시가 어떻게 진전하겠느냐는 문제.

그의 친우 김삼불 씨의 추도사와 같이 틀림없이, 아무렴! 또 다시 다른 길로 분연 매진할 것이다.

1947년 12월 28일

지용

차 례

읽고 쓰는

하늘과 바람과 별과 시

윤동주 지음

서시序詩

죽는 날까지 하늘을 우러러
한점 부끄럼이 없기를,
잎새에 이는 바람에도
나는 괴로워했다.
별을 노래하는 마음으로
모든 죽어가는 것을 사랑해야지
그리고 나한테 주어진 길을
걸어가야겠다.

오늘밤에도 별이 바람에 스치운다.

1941.11

자화상

산모퉁이를 돌아 논가 외딴 우물을 홀로
찾아가선 가만히 들여다봅니다.

우물 속에는 달이 밝고 구름이 흐르고
하늘이 펼치고 파아란 바람이 불고 가을이 있습니다.

그리고 한 사나이가 있습니다.
어쩐지 그 사나이가 미워져 돌아갑니다.

돌아가다 생각하니 그 사나이가 가엾어집니다.
도로 가 들여다보니 사나이는 그대로 있습니다.

다시 그 사나이가 미워져 돌아갑니다.
돌아가다 생각하니 그 사나이가 그리워집니다.

우물 속에는 달이 밝고 구름이 흐르고 하늘이 펼치고
파아란 바람이 불고 가을이 있고 추억처럼 사나이가
있습니다.

1939.9

소년

여기저기서 단풍잎 같은 슬픈 가을이 뚝뚝 떨어진다. 단
풍잎 떨어져 나온 자리마다 봄을 마련해 놓고 나뭇가지
위에 하늘이 펼쳐 있다. 가만히 하늘을 들여다보려면 눈
썹에 파란 물감이 든다. 두 손으로 따뜻한 볼을 쓸어 보
면 손바닥에도 파란 물감이 묻어난다. 다시 손바닥을 들
여다본다. 손금에는 맑은 강물이 흐르고, 맑은 강물이 흐
르고, 강물 속에는 사랑처럼 슬픈 얼굴-- 아름다운 순이
의 얼굴이 어린다. 소년은 황홀히 눈을 감아 본다. 그래
도 맑은 강물은 흘러 사랑처럼 슬픈 얼굴-- 아름다운 순
이의 얼굴은 어린다.

1939

눈 오는 지도

순이가 떠난다는 아침에 말 못할 마음으로 함박눈이 나려, 슬픈 것처럼 창밖에 아득히 깔린 지도 위에 덮힌다. 방안을 돌아다보아야 아무도 없다. 벽과 천정이 하얗다. 방안에까지 눈이 나리는 것일까, 정말 너는 잃어버린 역사처럼 홀홀이 가는 것이냐, 떠나기 전에 일러둘 말이 있던 것을 편지를 써서도 네가 가는 곳을 몰라 어느 거리, 어느 마을, 어느 지붕 밑, 너는 내 마음 속에만 남아 있는 것이냐, 네 쪼고만 발자욱을 눈이 자꾸 나려 덮혀 따라갈 수도 없다. 눈이 녹으면 남은 발자욱 자리마다 꽃이 피리니 꽃 사이로 발자욱을 찾아 나서면 일년 열두 달 하냥 내 마음에는 눈이 나리리라.

1941.3

22

돌아와 보는 밤

세상으로부터 돌아오듯이 이제 내 좁은 방에 돌아와 불을 끄옵니다. 불을 켜두는 것은 너무나 피로롭은 일이옵니다. 그것은 낮의 연장이옵기에―

이제 창을 열어 공기를 바꾸어 들여야 할 텐데 밖을 가만히 내다보아야 방안과 같이 어두워 꼭 세상 같은데 비를 맞고 오던 길이 그대로 비속에 젖어 있사옵니다.

하루의 울분을 씻을 바 없어 가만히 눈을 감으면 마음 속으로 흐르는 소리, 이제 사상이 능금처럼 저절로 익어 가옵니다.

1941.6

병원

살구나무 그늘로 얼굴을 가리고, 병원 뒷뜰에 누워, 젊은 여자가 흰옷 아래로 하얀 다리를 드러내 놓고 일광욕을 한다. 한나절이 기울도록 가슴을 앓는다는 이 여자를 찾아오는 이, 나비 한 마리도 없다. 슬프지도 않은 살구나무가지에는 바람조차 없다.

나도 모를 아픔을 오래 참다 처음으로 이곳에 찾아왔다. 그러나 나의 늙은 의사는 젊은이의 병을 모른다. 나한테는 병이 없다고 한다. 이 지나친 시련, 이 지나친 피로, 나는 성내서는 안 된다.

여자는 자리에서 일어나 옷깃을 여미고 화단에서 금잔화 한 포기를 따 가슴에 꽂고 병실 안으로 사라진다. 나는 그 여자의 건강이-- 아니 내 건강도 속히 회복되기를 바라며 그가 누웠던 자리에 누워본다.

간판 없는 거리

정거장 플랫폼에
내렸을 때 아무도 없어

다들 손님들뿐
손님 같은 사람들뿐

집집마다 간판이 없어
집 찾을 근심이 없어

빨갛게
파랗게
불붙는 문자도 없이

모퉁이마다
자애로운 헌 와사등에
불을 켜놓고

손목을 잡으면
다들, 어진 사람들
다들, 어진 사람들

봄, 여름, 가을, 겨울,
순서로 돌아들고

1941

새로운 길

내를 건너서 숲으로
고개를 넘어서 마을로

어제도 가고 오늘도 갈
나의 길 새로운 길

민들레가 피고 까치가 날고
아가씨가 지나고 바람이 일고

나의 길은 언제나 새로운 길
오늘도…… 내일도……

내를 건너서 숲으로
고개를 넘어서 마을로

태초의 아침

봄날 아침도 아니고
여름, 가을, 겨울,
그런 날 아침도 아닌 아침에

빨-간 꽃이 피어났네,
햇빛이 푸른데

그 전날 밤에
그 전날 밤에
모든 것이 마련되었네,

사랑은 뱀과 함께
독은 어린 꽃과 함께

또 태초의 아침

하얗게 눈이 덮이었고
전신주가 잉잉 울어
하나님 말씀이 들려온다.

무슨 계시일까.

빨리
봄이 오면
죄를 짓고
눈이
밝아

이브가 해산하는 수고를 다하면

무화과 잎사귀로 부끄런 데를 가리고

나는 이마에 땀을 흘려야겠다.

1941.5

새벽이 올 때까지

다들 죽어가는 사람들에게
검은 옷을 입히시오.

다들 살아가는 사람들에게
흰 옷을 입히시오.

그리고 한 침대에
가지런히 잠을 재우시오.

다들 울거들랑
젖을 먹이시오.

이제 새벽이 오면
나팔소리 들려올 게외다.

무서운 시간

거 나를 부르는 것이 누구요

가랑잎 이파리 푸르러 나오는 그늘인데
나 아직 여기 호흡이 남아 있소.

한번도 손들어 보지 못한 나를
손들어 표할 하늘도 없는 나를

어디에 내 한몸 둘 하늘이 있어
나를 부르는 것이오.

일이 마치고 내 죽는 날 아침에는
서럽지도 않은 가랑잎이 떨어질 텐데……

나를 부르지 마오.

바람이 불어

바람이 어디로부터 불어와
어디로 불려가는 것일까

바람이 부는데
내 괴로움에는 이유가 없다

내 괴로움에는 이유가 없을까

단 한 여자를 사랑한 일도 없다
시대를 슬퍼한 일도 없다

바람이 자꾸 부는데
내 발이 반석 위에 섰다

강물이 자꾸 흐르는데
내 발이 언덕 위에 섰다

1941.6

십자가

쫓아오던 햇빛인데
지금 교회당 꼭대기
십자가에 걸리었습니다.

첨탑이 저렇게도 높은데
어떻게 올라갈 수 있을까요.

종소리도 들려오지 않는데
휘파람이나 불며 서성거리다가

괴로웠던 사나이
행복한 예수.
그리스도에게 처럼
십자가가 허락된다면

모가지를 드리우고
꽃처럼 피어나는 피를
어두워 가는 하늘밑에
조용히 흘리겠습니다.

1941.5

슬픈 족속

흰 수건이 검은 머리를 두르고
흰 고무신이 거친 발에 걸리우다.

흰 저고리 치마가 슬픈 몸집을 가리고
흰 띠가 가는 허리를 질끈 동이다.

1938.9

눈 감고 간다

태양을 사모하는 아이들아
별을 사랑하는 아이들아

밤이 어두웠는데
눈감고 가거라.

가진 바 씨앗을
뿌리면서 가거라.

발뿌리에 돌이 채이거든
감았던 눈을 왓작 떠라.

1941.5

34

또 다른 고향

고향에 돌아온 날 밤에
내 백골이 따라와 한 방에 누웠다.

어둔 방은 우주로 통하고
하늘에선가 소리처럼 바람이 불어온다.

어둠 속에 곱게 풍화작용하는
백골을 들여다보며
눈물짓는 것이 내가 우는 것이냐
백골이 우는 것이냐
아름다운 혼이 우는 것이냐

지조 높은 개는
밤을 새워 어둠을 짖는다.

어둠을 짖는 개는
나를 쫓는 것일 게다.

가자 가자
쫓기우는 사람처럼 가자.
백골 몰래
아름다운 또 다른 고향에 가자.

1941.9

별 헤는 밤

계절이 지나가는 하늘에는
가을로 가득 차 있습니다.

나는 아무 걱정도 없이
가을 속의 별들을 다 헤일 듯합니다.

가슴 속에 하나 둘 새겨지는 별을
이제 다 못 헤는 것은
쉬이 아침이 오는 까닭이요,
내일 밤이 남은 까닭이요,
아직 나의 청춘이 다하지 않은 까닭입니다.

별 하나에 추억과
별 하나에 사랑과
별 하나에 쓸쓸함과
별 하나에 동경과
별 하나에 시와
별 하나에 어머니, 어머니,

어머님, 나는 별 하나에 아름다운 말 한마디씩 불러봅니
다. 소학교때 책상을 같이 했던 아이들의 이름과, 패, 경,
옥 이런 이국소녀들의 이름과 벌써 애기 어머니 된 계집
애들의 이름과, 가난한 이웃사람들의 이름과, 비둘기, 강
아지, 토끼, 노새, 노루, 「프란시스·쟘」 「라이너·마리아·

릴케」 이런 시인의 이름을 불러봅니다.

이네들은 너무나 멀리 있습니다.
별이 아슬히 멀 듯이,

어머님,
그리고 당신은 멀리 북간도에 계십니다.

나는 무엇인지 그리워
이 많은 별빛이 나린 언덕 위에
내 이름자를 써보고,
흙으로 덮어 버리었습니다.

딴은 밤을 새워 우는 벌레는
부끄러운 이름을 슬퍼하는 까닭입니다.

그러나 겨울이 지나고 나의 별에도 봄이 오면
무덤 위에 파란 잔디가 피어나듯이
내 이름자 묻힌 언덕 위에도
자랑처럼 풀이 무성할 게외다.

1941.11

길

잃어 버렸습니다.
무얼 어디다 잃었는지 몰라
두 손이 주머니를 더듬어
길에 나아갑니다.

돌과 돌과 돌이 끝없이 연달아
길은 돌담을 끼고 갑니다.

담은 쇠문을 굳게 닫아
길 위에 긴 그림자를 드리우고

길은 아침에서 저녁으로
저녁에서 아침으로 통했습니다.

돌담을 더듬어 눈물짓다
쳐다보면 하늘은 부끄럽게 푸릅니다.

풀 한 포기 없는 이 길을 걷는 것은
담 저쪽에 내가 남아 있는 까닭이고

내가 사는 것은, 다만
잃은 것을 찾는 까닭입니다.

1941.9

흰 그림자

황혼이 짙어지는 길모금에서
하루 종일 시들은 귀를 가만히 기울이면
땅거미 옮겨지는 발자취소리

발자취소리를 들을 수 있도록
나는 총명했던가요.

이제 어리석게도 모든 것을 깨달은 다음
오래 마음 깊은 속에
괴로워하던 수많은 나를
하나, 둘 제 고장으로 돌려보내면
거리모퉁이 어둠 속으로
소리없이 사라지는 흰 그림자

흰 그림자들
연연히 사랑하던 흰 그림자들

내 모든 것을 돌려보낸 뒤
허전히 뒷골목을 돌아
황혼처럼 물드는 내 방으로 돌아오면

신념이 깊은 의젓한 양처럼
하루 종일 시름없이 풀포기나 뜯자.

1942.4

39

쉽게 씌어진 시

창밖에 밤비가 속살거려
육첩방은 남의 나라.

시인이란 슬픈 천명인 줄 알면서도
한 줄 시를 적어볼까.

땀내와 사랑내 포근히 품긴
보내주신 학비 봉투를 받아

대학 노-트를 끼고
늙은 교수의 강의 들으러 간다.

생각해보면 어린 때 동무를
하나, 둘, 죄다 잃어버리고

나는 무얼 바라
나는 다만, 홀로 침전하는 것일까?

인생은 살기 어렵다는데
시가 이렇게 쉽게 씌어지는 것은
부끄러운 일이다.

육첩방은 남의 나라
창밖에 밤비가 속살거리는데,

등불을 밝혀 어둠을 조금 내몰고
시대처럼 올 아침을 기다리는 최후의 나.

나는 나에게 작은 손을 내밀어
눈물과 위안으로 잡는 최초의 악수.

1942.6

사랑스런 추억

봄이 오던 아침, 서울 어느 쪼그만 정거장에서
희망과 사랑처럼 기차를 기다려

나는 플랫폼에 간신한 그림자를 떨어트리고
담배를 피웠다.

내 그림자는 담배연기 그림자를 날리고
비둘기 한 떼가 부끄러울 것도 없이
나래 속을 속, 속, 햇빛에 비춰, 날았다.

기차는 아무 새로운 소식도 없이
나를 멀리 실어다 주어

봄은 다 가고- 동경 교외 어느 조용한 하숙방
에서, 옛 거리에 남은 나를 희망과 사랑처럼
그리워한다.
오늘도 기차는 몇 번이나 무의미하게 지나가고

오늘도 나는 누구를 기다려 정거장 가차운
언덕에서 서성거릴 게다.

- 아아 젊음은 오래 거기 남아 있거라.

1942.5

흐르는 거리

으스럼히 안개가 흐른다. 거리가 흘러간다.
저 전차, 자동차, 모든 바퀴가 어디로 흘리워가는 것일까?
정박할 아무 항구도 없이, 가련한 많은 사람들을 싣고서,
안개 속에 잠긴 거리는,

거리모퉁이 붉은 포스트상자를 붙잡고, 섰을라면
모든 것이 흐르는 속에 어렴풋이 빛나는 가로등,
꺼지지 않는 것은 무슨 상징일까?
사랑하는 동무 박이여! 그리고 김이여!
자네들은 지금 어디 있는가? 끝없이 안개가 흐르는데,

「새로운 날 아침 우리 다시 정답게 손목을 잡아 보세」
몇 자 적어 포스트 속에 떨어트리고, 밤을 새워 기다리
면 금휘장에 금단추를 삐었고 거인처럼 찬란히 나타나
는 배달부,
아침과 함께 즐거운 내림(來臨),

이 밤을 하염없이 안개가 흐른다.

참회록

파란 녹이 낀 구리 거울 속에
내 얼굴이 남아있는 것은
어느 왕조의 유물이기에
이다지도 욕될까.

나는 나의 참회의 글을 한 줄에 줄이자.
- 만 이십사 년 일 개월을
  무슨 기쁨을 바라 살아왔던가.

내일이나 모레나 그 어느 즐거운 날에
나는 또 한 줄의 참회록을 써야한다.
-그때 그 젊은 나이에
  왜 그런 부끄런 고백을 했던가.

밤이면 밤마다 나의 거울을
손바닥으로 발바닥으로 닦아보자.

그러면 어느 운석 밑으로 홀로 걸어가는
슬픈 사람의 뒷모양이
거울 속에 나타나온다.

1942.1

봄

봄이 혈관 속에 시내처럼 흘러
돌, 돌, 시내 가차운 언덕에
개나리, 진달래, 노-란 배추꽃

삼동을 참아온 나는
풀포기처럼 피어난다.

즐거운 종달새야
어느 이랑에서나 즐거웁게 솟쳐라.

푸르른 하늘은
아른, 아른, 높기도 한데……

위로

거미란 놈이 흉한 심보로 병원 뒷뜰 난간과 꽃밭 사이 사람 발이 잘 닿지 않는 곳에 그물을 쳐놓았다. 옥외요양을 받는 젊은 사나이가 누워서 쳐다보기 바르게-

나비가 한 마리 꽃밭에 날아들다 그물에 걸리었다.
노-란 날개를 파득거려도 파득거려도 나비는 자꾸 감기우기만 한다. 거미가 쏜살같이 가더니 끝없는 끝없는 실을 뽑아 나비의 온몸을 감아버린다. 사나이는 긴 한숨을 쉬었다.

나이보담 무수한 고생 끝에 때를 잃고 병을 얻은 이 사나이를 위로할 말이-거미줄을 헝클어 버리는 것밖에 위로의 말이 없었다.

1940.12

간 肝

바닷가 햇빛 바른 바위 위에
습한 간을 펴서 말리우자.

코카사쓰 산중에서 도망해온 토끼처럼
둘러리를 빙빙 돌며 간을 지키자.

내가 오래 기르던 여윈 독수리야!
와서 뜯어먹어라, 시름없이

너는 살지고
나는 여위어야지, 그러나,

거북이야!
다시는 용궁의 유혹에 안 떨어진다.

프로메테우스 불쌍한 프로메테우스
불 도적한 죄로 목에 맷돌을 달고
끝없이 침전하는 프로메테우스.

1941.11

못 자는 밤

하나, 둘, 셋, 네
....
밤은
많기도 하다.

팔복

마태복음 5장 312

슬퍼하는 자는 복이 있나니
슬퍼하는 자는 복이 있나니
슬퍼하는 자는 복이 있나니
슬퍼하는 자는 복이 있나니
슬퍼하는 자는 복이 있나니
슬퍼하는 자는 복이 있나니
슬퍼하는 자는 복이 있나니
슬퍼하는 자는 복이 있나니

저희가 영원히 슬플 것이오.

산골물

괴로운 사람아 괴로운 사람아
옷자락 물결 속에서도
가슴속 깊이 돌돌 샘물이 흘러
이 밤을 더불어 말할 이 없도다.
거리의 소음과 노래 부를 수 없도다.
그신 듯이 냇가에 앉았으니
사랑과 일을 거리에 맡기고
가만히 가만히
바다로 가자.
바다로 가자.

고추밭

시들은 잎새 속에서
고 빨-간 살을 드러내 놓고,
고추는 방년된 아가씬 양
땍볕에 자꾸 익어간다.

할머니는 바구니를 들고
밭머리에서 어정거리고
손가락 너어는 아이는
할머니 뒤만 따른다.

1938.10

달같이

연륜이 자라듯이
달이 자라는 고요한 밤에
달같이 외로운 사랑이
가슴하나 빠근히
연륜처럼 피어나간다.

1939.9

아우의 인상화

붉은 이마에 싸늘한 달이 서리어
아우의 얼굴은 슬픈 그림이다.

발걸음을 멈추어
살그머니 애띤 손을 잡으며
"너는 자라 무엇이 되려니"
"사람이 되지"
아우의 설운 진정코 설운 대답이다.

슬며-시 잡았던 손을 놓고
아우의 얼굴을 다시 들여다본다.

싸늘한 달이 붉은 이마에 젖어
아우의 얼굴은 슬픈 그림이다.

사랑의 전당

순아 너는 내 전에 언제 들어왔던 것이냐?
내사 언제 네 전에 들어갔던 것이냐?

우리들의 전당은
고풍한 풍습이 어린 사랑의 전당

순아 암사슴처럼 수정눈을 나려 감아라.
난 사자처럼 엉크린 머리를 고루련다.

우리들의 사랑은 한낱 벙어리였다.

청춘!
성스런 촛대에 열한 불이 꺼지기 전
순아 너는 앞문으로 내 달려라.

어둠과 바람이 우리 창에 부닥치기 전
나는 영원한 사랑을 안은 채
뒷문으로 멀리 사라지련다.

이제.
네게는 삼림 속의 아늑한 호수가 있고
내게는 준험한 산맥이 있다.

1938.6

이적 異蹟

발에 터분한 것을 다 빼어 버리고
황혼이 호수 위로 걸어오듯이
나도 사뿐사뿐 걸어보리이까?

내사 이 호수가로
부르는 이 없이
불리어 온 것은
참말 이적이외다.

오늘따라
연정, 자홀, 시기 이것들이
자꾸 금메달처럼 만져지는구려.

하나, 내 모든 것을 여념없이,
물결에 써서 보내려니
당신은 호면으로 나를 불러내소서.

1938.6

비오는 밤

솨- 철석! 파도소리 문살에 부서져
잠 살포시 꿈이 흩어진다.

잠은 한낱 검은 고래 떼처럼 설레어
달랠 아무런 재주도 없다.

불을 밝혀 잠옷을 정성스리 여미는
삼경.
염원.

동경의 땅 강남에 또 홍수질 것만 싶어
바다의 향수보다 더 호젓해진다.

1938.6

유언

휘-ㄴ한 방에 유언은 소리없는 입놀림.

-바다에 진주 캐러 갔다는 아들
 해녀와 사랑을 속삭인다는 맏아들
 이밤에사 돌아오나 내다봐라-

평생 외로운 아버지의 운명,

외딴집에 개가 짖고,
휘양찬 달이 문살에 흐르는 밤.

1937.10

창

쉬는 시간마다
나는 창녘으로 합니다.

– 창은 산 가르킴.

이글이글 불을 피워주소
이방에 찬 것이 서럽니다.

단풍잎 하나
맴도나 보니
아마도 자그만한 선풍이 인 게외다.

그래도 싸느란 유리창에
햇살이 쨍쨍한 무렵
상학종이 울어만 싶습니다.

바다

실어다 뿌리는
바람조차 씨원타.

솔나무 가지마다 새춤히
고개를 돌리어 뻐들어지고

밀치고
밀치운다.

이랑을 넘는 물결은
폭포처럼 피어오른다.

해변에 아이들이 모인다
찰찰 손을 씻고 구부로

바다는 자꾸 섧어진다
갈매기의 노래에……

도려다보고 도려다보고
돌아가는 오늘의 바다여!

1937.9

비로봉

만상을
굽어보기란?

무릎이
오들오들 떨린다.

백화
어려서 늙었다.

새가 나비가 된다

정말 구름이
비가 된다.

옷자락이
칩다.

1937.9

산협의 오후

내 노래는 오히려
섧은 산울림.

골짜기 길에
떨어진 그림자는
너무나 슬프구나.

오후의 명상은
아-졸려.

1937.9

명상

가칠가칠한 머리칼은 오막살이 처마끝,
휘파람에 콧마루가 서운한 양 간지럽소.

들창같은 눈은 가볍게 닫혀,
이 밤에 연정은 어둠처럼 골골이 스며드오.

1937.8

소낙비

번개, 뇌성, 와자지근 뚜드려
머−ㄴ 도회지에 낙뢰가 있어만 싶다.

벼룻장 엎어놓은 하늘로
살 같은 비가 살처럼 쏟아진다.

손바닥만한 나의 정원이
마음같이 흐린 호수되기 일쑤다.

바람이 팽이처럼 돈다.
나무가 머리를 이루 잡지 못한다.

내 경건한 마음을 모셔들여
노아 때 하늘을 한 모금 마시다.

한란계

싸늘한 대리석 기둥에 모가지를 비틀어 맨 한란계
문득 들여다볼 수 있는 운명한 오척육촌의 허리 가는 수은주
마음은 유리관보다 맑소이다.

혈관이 단조로워 신경질인 여론동물
가끔 분수 같은 냉(冷) 침을 억지로 삼키기에
정력을 낭비합니다.

영하로 손가락질할 수돌네 방처럼 칩은 겨울보다
해바라기가 만발할 팔월 교정이 이상곱소이다.
피끓을 그 날이ㅡ

어제는 막 소낙비가 퍼붓더니 오늘은 좋은 날씨올시다.
동저고리 바람에 언덕으로, 숲으로 하시구려ㅡ
이렇게 가만가만 혼자서 귓속 이야기를 하였습니다.
나는 또 내가 모르는 사이에ㅡ
나는 아마도 진실한 세기의 계절을 따라,
하늘만 보이는 울타리 안을 뛰쳐
역사 같은 포지션을 지켜야 봅니다.

1937.7

풍경

봄바람을 등진 초록빛 바다
쏟아질 듯 쏟아질 듯 위태롭다.

잔주름 치마폭의 두둥실거리는 물결은,
오스라질 듯 한껏 경쾌롭다.

마스트 끝에 붉은 깃발이
여인의 머리칼처럼 나부낀다.

※   ※

이 생생한 풍경을 앞세우며 뒤세우며
외-ㄴ 하루 거닐고 싶다.

-우중충한 오월 하늘 아래로
-바다빛 포기포기에 수놓은 언덕으로

달밤

흐르는 달의 흰 물결을 밀쳐
여윈 나무그림자를 밟으며,
북망산을 향한 발걸음은 무거웁고
고독을 반려한 마음은 슬프기도 하다.

누가 있어만 싶던 묘지엔 아무도 없고,
정적만이 군데군데 흰 물결에 폭 젖었다.

1937.4

장

이른 아침 아낙네들은 시들은 생활을
바구니 하나 가득 담아 이고……
업고 지고…… 안고 들고……
모여드오 자꾸 장에 모여드오.

가난한 생활을 골골이 벌여놓고
밀려가고…… 밀려오고……
저마다 생활을 외치오…… 싸우오.

왼 하루 올망졸망한 생활을
되질하고 저울질하고 자질하다가
날이 저물어 아낙네들이
쓴 생활과 바꾸어 또 이고 돌아가오.

1937. 봄

밤

외양간 당나귀
아 - ㅇ 앙 외마디 울음 울고,

당나귀 소리에
으 - 아 아 애기 소스라쳐 깨고,

등잔에 불을 다오.

아버지는 당나귀에게
짚을 한 키 담아주고,

어머니는 애기에게
젖을 한 모금 먹이고,

밤은 다시 고요히 잠드오.

1937.3

황혼이 바다가 되어

하루도 검푸른 물결에
흐느적 잠기고…… 잠기고……

저-웬 검은 고기떼가
물든 바다를 날아 횡단할꼬.

낙엽이 된 해초
해초마다 슬프기도 하오.

서창에 걸린 해말간 풍경화
옷고름 너어는 고아의 설음

이제 첫 항해하는 마음을 먹고
방바닥에 나딩구오…… 딩구오……

황혼이 바다가 되어
오늘도 수많은 배가
나와 함께 이 물결에 잠겼을 게오.

1937.1

아침

획, 획, 획, 소꼬리가 부드러운 채찍질로 어둠을 쫓아
캄, 캄, 어둠이 깊다 깊다 밝으오.

이제 이 동리의 아침이
풀살 오른 소엉덩이처럼 푸르오
이 동리 콩죽 먹은 사람들이
땀물을 뿌려 이 여름을 길렀소.

잎, 잎, 풀잎마다 땀방울이 맺혔소.

꾸김살 없는 이 아침을
심호흡하오 또 하오.

1936

빨래

빨래줄에 두 다리를 드리우고
흰 빨래들이 귓속 이야기하는 오후,

쨍쨍한 칠월 햇발은 고요히도
아담한 빨래에만 달린다.

1936

꿈은 깨어지고

꿈은 눈을 떴다.
그윽한 유무에서

노래하던 종달이
도망쳐 날아나고

지난날 봄타령하던
금잔디 밭은 아니다

탑은 무너졌다
붉은 마음의 탑이-

손톱으로 새긴 대리석 탑이-
하루 저녁 폭풍에 여지없이도

오-황폐의 쑥밭
눈물과 목메임이여!

꿈은 깨어졌다.
탑은 무너졌다.

1936.7

산림

시계가 자근자근 가슴을 때려
하잔한 마음을 산림이 부른다.

천년 오래인 연륜에 짜들은 유적한 산림이
고달픈 한 몸을 포옹할 인연을 가졌나보다.

산림의 검은 파동 위로부터
어둠은 어린 가슴을 짓밟는다

멀리 첫여름의 개구리 재질댐에
흘러간 마을의 과거가 아질타.

가지, 가지사이로 반짝이는 별들만이
새날의 향연으로 나를 부른다.

발걸음을 멈추어
하나, 둘, 어둠을 헤아려본다
아득하다.

문득 이파리 흔드는 저녁 바람에
쏴—— 무섬이 옮아오고.

1936.6

이런 날

사이좋은 정문의 두 돌기둥 끝에서
오색기와 태양기가 춤을 추는 날
금을 그은 지역의 아이들이 즐거워하다.

아이들에게 하루의 건조한 학과로
햇맑간 권태가 깃들고
「모순」두 자를 이해치 못하도록
머리가 단순하였구나.

이런 날에는
잃어버린 완고하던 형을
부르고 싶다.

1936.6

산상 山上

거리가 바둑판처럼 보이고,
강물이 배암이 새끼처럼 기는
산 위에까지 왔다.
아직쯤은 사람들이
바둑돌처럼 벌여 있으리라.

한나절의 태양이
함석 지붕에만 비치고,
굼벵이 걸음을 하던 기차가
정거장에 섰다가 검은 내를 토하고
또, 걸음발을 탄다.

텐트 같은 하늘이 무너져
이 거리를 덮을까 궁금하면서
좀더 높은 데로 올라가고 싶다.

1936.5

양지 陽地 쪽

저쪽으로 황토 실은 이 땅 봄바람이
호인의 물레바퀴처럼 돌아 지나고,
아롱진 사월 태양의 손길이
벽을 등진 설은 가슴마다 올올이 만진다.

지도째기 놀음에 뉘 땅인 줄 모르는 애 둘이
한뼘 손가락이 짧음을 한함이여.

아서라! 가뜩이나 엷은 평화가
깨어질까 근심스럽다.

1936.6

닭

한 간(間) 계사(鷄舍) 그 너머 창공이 깃들어
자유의 향토를 잊은 닭들이
시들은 생활을 주잘대고,
생산의 고로를 부르짖었다.

음산한 계사에서 쏠려 나온
외래종 레그혼,
학원에서 새 무리가 밀려나오는
삼월의 맑은 오후도 있다.

닭들은 녹아드는 두엄을 파기에
아담한 두 다리가 분주하고
굶주렸던 주두리가 바지런하다.
두 눈이 붉게 여물도록─

가슴 1

소리없는 북
답답하면 주먹으로
뚜드려 보오.

그래 봐도
후-
가-는 한숨보다 못하오.

1936.3

가슴 2

늦은 가을 쓰르래미
숲에 싸여 공포에 떨고,

웃음 웃는 흰 달 생각이
도망가오.

비둘기

안아보고 싶게 귀여운
산비둘기 일곱 마리
하늘 끝까지 보일 듯이 맑은 주일날 아침에
벼를 거두어 빽빽한 논에서
앞을 다투어 요를 주으며
어려운 이야기를 주고 받으오.

날씬한 두 나래로 조용한 공기를 흔들어
두 마리가 나오.
집에 새끼 생각이 나는 모양이오.

1936.3

황혼

햇살은 미닫이 틈으로
길죽한 일자를 쓰고…… 지우고……

까마귀떼 지붕 위로
둘, 둘, 셋, 넷, 자꾸 날아지난다.
쑥쑥, 꿈틀꿈틀 북쪽 하늘로,

내사 …………
북쪽 하늘에 나래를 펴고 싶다.

1936.2

창공

그 여름날
열정의 포플러는
오려는 창공의 푸른 젖가슴을
어루만지려
팔을 펼쳐, 흔들거렸다
끓는 태양 그늘 좁다란 지점에서

천막 같은 하늘 밑에서
떠들던 소나기
그리고 번개를
춤추던 구름은 이끌고
남방으로 도망하고
높다랗게 창공은 한 폭으로
가지 위에 퍼지고
둥근달과 기러기를 불러왔다.

푸드른 어린 마음이 이상에 타고
그의 동경의 날 가을에
조락의 눈물을 비웃다

1935.10

거리에서

달밤의 거리
광풍이 휘날리는
북국의 거리.
도시의 진주
전등밑을 헤엄치는
쪼그만 인어 나.
달과 전등에 비쳐
한 몸에 둘셋의 그림자
커졌다 작아졌다.

괴롬의 거리
회색빛 밤거리를
걷고 있는 이 마음.
선풍이 일고 있네
외로우면서도
한 갈피 두 갈피
피어나는 마음의 그림자.
푸른 공상이
높아졌다 낮아졌다.

1935.1

삶과 죽음

삶은 오늘도 죽음의 서곡을 노래하였다.
이 노래가 언제나 끝나랴.

세상 사람은-
뼈를 녹여내는 듯한 삶의 노래에
춤을 춘다.
사람들은 해가 넘어가기 전
이 노래 끝의 공포를
생각할 사이가 없었다.

(나는 이것만은 알았다.
이 노래의 끝을 맛본 이들은
자기만 알고
다음 노래의 맛을 알으켜 주지 아니 하였다.)

하늘 복판에 아로새기듯이
이 노래를 부른 자가 누구뇨.
그리고 소낙비 그친 뒤같이도
이 노래를 그친 자가 누구뇨.

죽고 뼈만 남은
죽음의 승리자 위인들!

1934.12

초 한 대

초 한 대-
내 방에 품긴 향내를 맡는다.

광명의 제단이 무너지기 전
나는 깨끗한 제물을 보았다.

염소의 갈비뼈 같은 그의 몸
그의 생명인 심지까지
백옥 같은 눈물과 피를 흘려
불살라 버린다.

그리고도 책머리에 아롱거리며
선녀처럼 촛불은 춤을 춘다.

매를 본 꿩이 도망가듯이
암흑이 창구멍으로 도망한
나의 방에 품긴
제물의 위대한 향내를 맛보노라.

1934.12

남쪽 하늘

제비는 두 나래를 가지었다.
시산한 가을날-

어머니의 젖가슴이 그리운
서리 나리는 저녁-

어린 영은 쪽나래의 향수를 타고
남쪽 하늘에 떠돌 뿐-

1935.10

산울림

까치가 울어서
산울림
아무도 못들은
산울림

까치가 들었다
산울림
저혼자 들었다
산울림

1938.5

해바라기 얼굴

누나의 얼굴은
　해바라기 얼굴.
해가 금방 뜨자
　일터에 간다.

해바라기 얼굴은
　누나의 얼굴.
얼굴이 숙어들어
　집으로 온다.

귀뜨라미와 나와

귀뜨라미와 나와
잔디밭에서 이야기했다.

귀뜰귀뜰
귀뜰귀뜰

아무게도 알으켜 주지 말고
우리들만 알자고 약속했다.

귀뜰귀뜰
귀뜰귀뜰

귀뜨라미와 나와
달밝은 밤에 이야기했다.

애기의 새벽

우리집에는
닭도 없단다.
다만
애기가 젖달라 울어서
새벽이 된다.

우리집에는
시계도 없단다.
다만
애기가 젖달라 보채어
새벽이 된다.

햇빛·바람

손가락에 침 발라
쏘옥, 쏙, 쏙
장에 가는 엄마 내다보려
문풍지를
쏘옥, 쏙, 쏙

아침에 햇빛이 빤짝,

손가락에 침 발라
쏘옥, 쏙, 쏙
장에 가신 엄마 돌아오나
문풍지를
쏘옥, 쏙, 쏙

저녁에 바람이 솔솔.

반딧불

가자, 가자, 가자,
숲으로 가자.
달쪼각을 주으러
숲으로 가자.

　　그믐밤 반딧불은
　　부서진 달쪼각

가자, 가자, 가자,
숲으로 가자.
달쪼각을 주으러
숲으로 가자.

둘 다

바다도 푸르고
하늘도 푸르고

바다도 끝없고
하늘도 끝없고

바다에 돌 던지고
하늘에 침 뱉고

바다는 벙글
하늘은 잠잠

거짓부리

똑, 똑, 똑
문 좀 열어주세요
하룻밤 자고 갑시다
밤은 깊고 날은 추운데
거, 누굴까?
문 열어주고 보니
검둥이 꼬리가
거짓부리 한 걸.

꼬끼요 꼬끼요
닭알 낳았다
간난아! 어서 집어가거라
간난이 뛰어가 보니
닭알은 무슨 닭알
고놈의 암탉이
대낮에 새빨간
　거짓부리 한 걸.

눈

지난밤에
눈이 소-복이 왔네

지붕이랑
길이랑 밭이랑
추워한다고
덮어주는 이불인가 봐

그러기에
추운 겨울에만 나리지

1936.12

참새

가을 지난 마당을 백로지인 양
참새들이 글씨공부 하지요

쨱, 쨱, 입으론 부르면서
두 발로는 글씨공부 하지요

하루 종일 글씨공부 하여도
쨱자 한 자밖에 더 못쓰는 걸

1936.12

버선본

어머니!
누나 쓰다버린 습자지는
두었다간 뭣에 쓰나요?

그런 줄 몰랐더니
습자지에다 내 버선 놓고
가위로 오려
버선본 만드는 걸.

어머니!
내가 쓰다버린 몽당연필은
두었다간 뭣에 쓰나요

그런 줄 몰랐더니
천 위에다 버선본 놓고
침 발라 점을 찍곤
내 버선 만드는 걸.

1936.12

편지

누나!
이 겨울에도
눈이 가득히 왔습니다.

흰 봉투에
눈을 한줌 넣고
글씨도 쓰지 말고
우표도 부치지 말고
말쑥하게 그대로
편지를 부칠까요.

누나 가신 나라엔
눈이 아니 온다기에.

봄

우리 애기는
아래 발추에서 코올코올

고양이는
부뚜막에서 가릉가릉

애기 바람이
나뭇가지에 소올소올

아저씨 햇님이
하늘 한가운데서 째앵째앵

1936.10

무얼 먹구 사나

바닷가 사람

물고기 잡아먹구 살구

산꼴엣 사람

감자 구어먹구 살구

별나라 사람

무얼 먹구 사나.

1936.10

굴뚝

산골짜기 오막살이 낮은 굴뚝엔
몽기몽기 웨인내굴 대낮에 솟나.

감자를 굽는 게지. 총각 애들이
깜박깜박 검은 눈이 모여 앉아서
입술이 꺼멓게 숯을 바르고
옛이야기 한 커리에 감자 하나씩

산골짜기 오막살이 낮은 굴뚝엔
살랑살랑 솟아나네 감자굽는 내.

1936

햇비

아씨처럼 나린다
보슬보슬 햇비
맞아주자, 다같이
　　옥수수대처럼 크게
　　닷자엿자 자라게
　　햇님이 웃는다
　　나보고 웃는다

하늘다리 놓였다.
알롱달롱 무지개
노래하자, 즐겁게
　　동무들아 이리 오나
　　다같이 춤을 추자
　　햇님이 웃는다
　　즐거워 웃는다

빗자루

요-리조리 베면 저고리 되고
이-렇게 베면 큰총 되지.
　누나하구 나하구
　가위로 종이 쏠았더니
　어머니가 빗자루 들고
　누나 하나 나 하나
　볼기짝을 때렸소
　방바닥이 어지럽다고-.

　아니 아-니
　고놈의 빗자루가
　방바닥 쓸기 싫으니
　그랬지 그랬어
괘씸하여 벽장 속에 감췄더니
이튿날 아침 빗자루가 없다고
어머니가 야단이지요.

기왓장 내외

비오는날 저녁에 기왓장내외
잃어버린 외아들 생각나선지
꼬부라진 잔등을 어루만지며
쭈룩쭈룩 구슬피 울음웁니다

대궐지붕 위에서 기왓장내외
아름답던 옛날이 그리워선지
주름잡힌 얼굴을 어루만지며
물끄러미 하늘만 쳐다봅니다.

오줌싸개 지도

빨랫줄에 걸어 논
    요에다 그린 지도는
지난밤에 내 동생
    오줌 싸서 그린 지도

꿈에 가본 엄마 계신
    별나라 지돈가
돈 벌러간 아빠 계신
    만주땅 지돈가

1936

병아리

'뾰, 뾰, 뾰
엄마 젖 좀 주'
병아리 소리.

'꺽, 꺽, 꺽
오냐, 좀 기다려'
엄마닭 소리.

좀 있다가
병아리들은
젖 먹으려는지
엄마 품으로 다 들어갔지요.

1936.1

조개껍질

-바닷물소리 듣고 싶어 -
아롱아롱 조개껍데기
울언니 바닷가에서
주어온 조개껍데기

여긴여긴 북쪽나라요
조개는 귀여운선물
장난감 조개껍데기

데굴데굴 굴리며놀다
짝잃은 조개껍데기
한짝을 그리워하네

아릉아릉 조개껍데기
나처럼 그리워하네
물소리 바닷물소리

겨울

처마 밑에
시래기 다람이
바삭바삭
추워요.
　길바닥에
　말똥 동그래미
　달랑 달랑
　얼어요.

나만의 윤동주

나의 감성을 자극한
윤동주 시를
필사해 보세요

서시 序詩

죽는 날까지 하늘을 우러러
한점 부끄럼이 없기를,
잎새에 이는 바람에도
나는 괴로워했다.
별을 노래하는 마음으로
모든 죽어가는 것을 사랑해야지
그리고 나한테 주어진 길을
걸어가야겠다.

오늘밤에도 별이 바람에 스치운다.

자화상

산모퉁이를 돌아 논가 외딴 우물을 홀로
찾아가선 가만히 들여다봅니다.

우물 속에는 달이 밝고 구름이 흐르고
하늘이 펼치고 파아란 바람이 불고 가을이 있습니다.

그리고 한 사나이가 있습니다.
어쩐지 그 사나이가 미워져 돌아갑니다.

돌아가다 생각하니 그 사나이가 가엾어집니다. 도로 가
들여다보니 사나이는 그대로 있습니다.

다시 그 사나이가 미워져 돌아갑니다.
돌아가다 생각하니 그 사나이가 그리워집니다.

우물 속에는 달이 밝고 구름이 흐르고 하늘이 펼치고 파
아란 바람이 불고 가을이 있고 추억처럼 사나이가 있습
니다.

별 헤는 밤 중에서

계절이 지나가는 하늘에는
가을로 가득 차 있습니다.

나는 아무 걱정도 없이
가을 속의 별들을 다 헤일 듯합니다.

가슴 속에 하나 둘 새겨지는 별을
이제 다 못 헤는 것은
쉬이 아침이 오는 까닭이요,
내일 밤이 남은 까닭이요,
아직 나의 청춘이 다하지 않은 까닭입니다.

별 하나에 추억과
별 하나에 사랑과
별 하나에 쓸쓸함과
별 하나에 동경과
별 하나에 시와
별 하나에 어머니, 어머니

참회록

파란 녹이 낀 구리 거울 속에
내 얼굴이 남아있는 것은
어느 왕조의 유물이기에
이다지도 욕될까.

나는 나의 참회의 글을 한 줄에 줄이자.
– 만 이십사 년 일 개월을
　무슨 기쁨을 바라 살아왔던가.

내일이나 모레나 그 어느 즐거운 날에
나는 또 한 줄의 참회록을 써야한다.
– 그때 그 젊은 나이에
　왜 그런 부끄런 고백을 했던가.

밤이면 밤마다 나의 거울을
손바닥으로 발바닥으로 닦아보자.

그러면 어느 운석 밑으로 홀로 걸어가는
슬픈 사람의 뒷모양이
거울 속에 나타나온다.

달같이

연륜이 자라듯이
달이 자라는 고요한 밤에
달같이 외로운 사랑이
가슴하나 뻐근히
연륜처럼 피어나간다.

산골물

괴로운 사람아 괴로운 사람아
옷자락 물결 속에서도
가슴속 깊이 돌돌 샘물이 흘러
이 밤을 더불어 말할 이 없도다.
거리의 소음과 노래 부를 수 없도다.
그신 듯이 냇가에 앉았으니
사랑과 일을 거리에 맡기고
가만히 가만히
바다로 가자.
바다로 가자.

눈

지난밤에
눈이 소-복이 왔네

지붕이랑
길이랑 밭이랑
추워한다고
덮어주는 이불인가 봐

그러기에
추운 겨울에만 나리지

편지

누나!
이 겨울에도
눈이 가득히 왔습니다.

흰 봉투에
눈을 한줌 넣고
글씨도 쓰지 말고
우표도 부치지 말고
말쑥하게 그대로
편지를 부칠까요.

누나 가신 나라엔
눈이 아니 온다기에.

강처중 발문 ^{跋文}

동주(東柱)는 별로 말주변도 사귐성도 없었건만 그의 방에는 언제나 친구들이 가득 차 있었다. 아모리 바쁜 일이 있더라도 "동주 있나" 하고 찾으면 하던 일을 모두 내던지고 빙그레 웃으며 반가히 마조 앉아 주는 것이었다. "동주 좀 걸어 보자구" 이렇게 산책을 청하면 싫다는 적이 없었다. 겨울이든 여름이든 밤이든 새벽이든 산이든 들이든 강가이든 아모런때 아모데를 끌어도 선뜻 따라 나서는 것이었다. 그는 말이 없이 묵묵히 걸었고 항상 그의 얼골은 침울하였다. 가끔 그러다가 외마디 비통한 고함을 잘 질렀다. "아—" 하고 나오는 외마디소리! 그것은 언제나 친구들의 마음에 알지 못할 울분을 주었다. "동주 돈 좀 있나" 옹색한 친구들은 곧잘 그의 넉넉지 못한 주머니를 노리었다. 그는 있고서 안 주는 법이 없었고 없으면 대신 외투든 시계든 내 주고야 마음을 놓았다. 그래서 그의 외투나 시계는 친구들의 손을 거쳐 전당포에 나들이를 부즈런이 하였다.

이런 동주도 친구들에게 굳이 거부하는 일이 두 가지 있었다. 하나는 "동주 자네 시(詩) 여기를 좀 고치면 어떤가" 하는데 대하여 그는 응하여 주는 때가 없었다. 조용히 열흘이고 한 달이고 두 달이고 곰곰이 생각하여서 한 편 시를 탄생시킨다. 그때까지는 누구에게도 그 시를 보이지 않는다. 이미 보여 주는 때는 흠이 없는 하나의 옥(玉)이다. 지나치게 그는 겸허 온순하였건만, 자기의 시만은 양보하지를 안했다.

또 하나 그는 한 여성을 사랑하였다. 그러나 이 사랑을 그 여성에게도 친구들에게도 끝내 고백하지 안했다. 그 여성도 모르는 친구들도 모르는 사랑을 회답도 없고 돌아오지도 않는 사랑을 제 홀로 간직한 채 고민도 하면서 희망도 하면서— 쑥스럽다 할까 어리석다 할까? 그러나 이제 와 고쳐 생각하니 이것은 하나의 여성에 대한 사랑이 아니라 이루어지지 않을 "또 다른 고향"에 대한 꿈이 아니었던가. 어쨌던 친구들에게 이것만은 힘써 감추었다.

그는 간도에서 나고 일본 후쿠오카(福岡)에서 죽었다. 이역에서 나고 갔건만 무던히 조국을 사랑하고 우리말을 좋아 하더니— 그는 나의 친구기도 하려니와 그의 아잇적 동무 송 몽규(宋夢奎)와 함께 "독립운동"의 죄명으로 2년 형을 받아 감옥으로 들어간 채 마침내 모진 악형에 쓰러지고 말았다. 그것은 몽규와 동주가 연전(延專)을 마치고 교토(京都)에 가서 대학생 노릇하던 중도의 일이었다.

"무슨 뜻인지 모르나 마지막 외마디소리를 지르고 운명했지요. 짐작컨대 그 소리가 마치 조선독립만세를 부르는 듯 느껴지더군요."

이 말은 동주의 최후를 감시하던 일본인 간수가 그의 시체를 찾으러 갔던 그 유족에게 전하여 준 말이다. 그 비통한 외마디소리! 일본 간수야 그 뜻을 알리만두 저도 소리에 느낀 바 있었나 보다. 동주 감옥에서 외마디소리로써 아조 가 버리니 그 나이 스물아홉, 바로 해방되던 해다. 몽규도 그 며칠 뒤 따라 옥사하니 그도 재사(才士)였느니라. 그들의 유골은 지금 간도에서 길이 잠들었고 이제 그 친구들의 손을 빌어 동주의 시는 한 책이 되어 길이 세상에 전하여 지려 한다.

불러도 대답 없을 동주(東柱) 몽규(夢奎)었만 헛되나마 다시 부르고 싶은 동주(東柱)! 몽규(夢奎)!

                                                    강처중

작가연보 ▶

- 1917. 12. 30. 만주 간도성 화룡현 명동촌에서 아버지 윤영석과 어머니 김용의 맏아들로 출생. 아명 해환(海煥).

- 1925. 4. 4.명동 소학교에 입학. 같은학년에 고종사촌 송몽규, 당숙 윤영선, 외사촌 김정우, 문익환 등이 있었다.

- 1927. 명동소학교 5학년 때에 급우들과 함께 『새 명동』이라는 등사 잡지를 만든다.

- 1931. 3. 15. 명동소학교 졸업. 학교에서 졸업생 14명에게 김동환 시집『국경의 밤』을 선물한다.
  명동소학교 졸업 후 송몽규, 김정우와 함께 명동에서 조금 떨어진 곳에 있는 중국인 소학교 화룡 헌립 제일소학교 고등과에 편입하여 1년간 수학.

- 1932. 4. 용정의 기독교 학교인 은진중학교에 송몽규, 문익환과 함께 입학. 명동에서 20리 정도 떨어진 이 곳으로 통학하는 윤동주를 위해 가족 모두가 용정으로 이사한다.

- 1934. 12. 24. 『초 한대』, 『삶과 죽음』, 『내일은없다』 등 3편의

시를 쓰다. 이는 오늘날 찾아 볼 수 있는 윤동주의 최초 작품이며, 이 때부터 자기 시 작품에 시작(詩作)날짜를 기록하고 있다.

- 1935. 9. 1. 은진중학교 4학년 1학기를 마치고 평양 숭실중학교 3학년 2학기로 편입.

- 1935. 10. 숭실학교 YMCA문예부에서 내던 『숭실활천』 제15호에 『공상』이 실려 그의 시가 처음으로 활자화.

- 1936. 3. 숭실학교에 대한 신사참배 강요에 항의하여 자퇴하고 고향 용정으로 돌아와 5년제인 광명학원 중학부 5학년에 편입.

- 1936. 11-12. 간도 연길에서 발행되던 『카톨릭 소년』에 동시 「병아리(11월호)」와 「빗자루(12월호)」를 윤동주(尹東柱)란 이름으로 발표.

- 1937. 『카톨릭 소년』에 동시 「오줌싸개지도(1월호)」, 「무얼먹고 사나(3월호)」를 윤동주(尹東柱)란 이름으로, 「거짓부리(10월호)」를 윤동주(尹東柱)란 이름으로 각기 발표. 동주(童舟)라는 필명은 이 때 처음 사용한다.

- 1937. 8. 100부 한정판으로 발행된 『백석 시집 : 사슴』을 구할 길이 없자 필사하여 소장한다.

- 1937. 9. 진로 문제로 문학을 희망하는 윤동주와 의학을 선택하라는 아버지 윤영석이 갈등하나, 할아버지 윤하연의 권유로 아버지가 양보하여 문학에 진학하기로 한다.
  『영랑시집』을 정독하다.

- 1938. 2. 17. 광명중학교 5학년 졸업.

- 1938. 4. 9. 서울 연희전문학교 문과 입학, 기숙사 생활 시작.
  같은 해 송몽규도 윤동주와 함께 연희전문학교에 입학하다.
  외솔 최현배 선생에게 조선어를 배우고 이양하 교수에게서 영시를 배운다.

- 1939. 조선일보 학생란에 산문 「달을 쏘다(1.23)」, 시 「유언(2.6)」,
  「아우의 印象畵(10. 17)」를 윤동주(尹東柱)와 윤주(尹柱)라는 이름으로 발표.

- 1939. 3. 동시 「산울림」을 『소년』 3월호에 윤동주(尹東柱)란 이름으로 발표. 새로 연희전문에 입학한 하동 학생 정병욱(1922–1982)을 알게되어 친해진다. 정병욱과 함께 이화여전 구내 형성교회에 다니며 영어 성서반에 참석한다. 이 무렵 릴케, 발레리, 지드 같은 작가들의 작품을 탐독하며, 프랑스어를 독습한다.

- 1941. 5. 정병욱과 함께 기숙사에서 나와 종로구 누상동 9번지

의 소설가 김송의 집에서 하숙하기 시작. 김송과는 하숙생이 되면서 우연히 알게 된다.

- 1941. 6. 5. 연희전문학교 문과에서 발행하는 『문우(文友)』지에 「우물속의 自畵像」, 「새로운 길」을 발표.

- 1941. 9. 요시찰인 김송과 학생들에 대한 일본 경찰의 주목이 심하여 그곳을 나와 북아현동의 전문적인 하숙집으로 들어간다. 서정주의 『화사집』을 즐겨 읽다.

- 1941. 12. 27. 전시 학제 단축으로 3개월 앞당겨 연희전문학교 4학년 졸업. 졸업 기념으로 19편의 작품을 모아 자선시집(自選詩集) 『하늘과 바람과 별과 詩』를 77부 한정판으로 출간하려 했으나 당시 흉흉한 세상을 걱정한 주변인들의 만류로 뜻을 이루지 못한다. 시집을 3부 작성하여 한 부는 자신이 가지고, 이양하 선생과 정병욱에게 1부씩 증정한다. 본래 이 자선시집의 제목은 『병원』이었으나 「서시(序詩)」를 쓴 후 바꾸었다. "병원"은 병든 사회를 치유한다는 상징적인 의미였다.
윤동주의 도일 수속을 위해 성씨를 "히라누마"라고 창씨개명.

- 1942. 1. 24. 고국에서 쓴 마지막 작품이 된 시 「참회록」을 쓰다.

- 1942. 4. 2. 도쿄 릿쿄(立教)대학 문학부 영문과 선과에 입학. 송

몽규는 교토 제국대학 서양사학과 입학한다.

- 1942. 4.–6. 「쉽게 씌어진 詩」 등 이 때 쓴 시 5편을 서울의 친구에게 보내다. 오늘날 볼 수 있는 윤동주의 마지막 작품이다.
여름방학에 마지막으로 고향에 다녀가다.
동생들에게 "우리말 인쇄물이 앞으로 사라질 것이니 무엇이나 악보까지라도 사서 모으라"고 당부하다.

- 1942. 10. 1. 교토 도시샤(同志社)대학 영문학과 선과에 편입.
1943. 7. 10. 송몽규가 교토 시모가모 경찰서에 독립운동 협의로 검거된다.

- 1943. 7. 14. 고향에 가려고 준비하던 윤동주도 송몽규와 같은 혐의로 검거되고 많은 책과 작품, 일기가 압수된다.
당숙 윤영춘이 교토로 윤동주를 면회하러 가서 윤동주가 일본 형사와 대좌하여 우리말 작품과 일기를 일어로 번역하고 있는 것을 목격한다.

- 1944. 3. 31. 교토 지방재판소에서 〈독립운동〉 죄목으로 2년형을 언도 받다. 1944. 4. 13. 송몽규 역시 같은 죄목으로 2년형 언도 받고 윤동주와 송몽규는 이후 큐슈 후쿠오카 형무소에 수감되다.

- 1945. 2. 16. 큐슈 후쿠오카 형무소에서 사망.

하늘과 바람과 별과 시

초판 1쇄 발행 2020년 12월 7일
초판 2쇄 인쇄 2022년 6월 10일

지은이 윤동주
펴낸이 박인연
펴낸곳 모든북스
등 록 2020년 9월 18일(제 2020-000195호)
전 화 010-4587-5410
주 소 경기도 고양시 일산동구 숲속마을 1로 55
이메일 modenbooks@naver.com
ISBN 979-11-972440-0-1 (03810)

파본은 구입처에서 교환해 드립니다.
책값은 뒤표지에 있습니다.

이 도서의 국립중앙도서관 출판예정도서목록(CIP)은 서지정보유통지원시스템 홈페이지(http://seoji.nl.go.kr)와
국가자료종합목록 구축시스템(http://kolis-net.nl.go.kr)에서 이용하실 수 있습니다.
(CIP제어번호: CIP2020048083)